中国诗人

陈 杰

一著一

LAO●
老

YUAN●
院

ZI●
子

北方联合出版传媒（集团）股份有限公司

春风文艺出版社

·沈 阳·

图书在版编目（CIP）数据

老院子 / 陈杰著. —沈阳：春风文艺出版社，
2018.2（2021.1重印）

（中国诗人）

ISBN 978－7－5313－4997－6

Ⅰ.①老… Ⅱ.①陈… Ⅲ.①诗集—中国—当代
Ⅳ.①I227

中国版本图书馆CIP数据核字（2018）第009538号

北方联合出版传媒（集团）股份有限公司
春风文艺出版社出版发行
http://www.chunfengwenyi.com
沈阳市和平区十一纬路25号　邮编：110003
永清县晔盛亚胶印有限公司印刷

责任编辑：张玉虹	责任校对：于文慧
装帧设计：琥珀视觉	幅面尺寸：125mm × 195mm
印　　张：8.5	字　　数：155千字
版　　次：2018年2月第1版	印　　次：2021年1月第2次
书　　号：ISBN 978-7-5313-4997-6	
定　　价：35.00元	

总　序

　　中国是诗的国度。千百年来，人们沐浴在诗歌传统中，传诵着一代又一代诗人写就的经典之作。而伴随着现代社会和互联网的发展，信息的传播和接受更加便捷，诗歌的阅读与创作方式也在潜移默化中被改变，在信息量无限扩大的互联网世界，远离喧嚣、静赏诗意显得尤为珍贵。

　　中国诗歌网正是在这样的背景下应运而生。作为国家重点文化工程，中国诗歌网以建立"诗人家园，诗歌高地"为宗旨，迅速成为目前国内也是世界诗歌类互联网专业出版平台和中国诗坛最具权威性和影响力的文学阵地之一。

　　互联网时代诗歌创作的便捷激发了一大批诗歌爱好者与诗人的创作热情，他们在公交车上写诗，在工作间隙写诗，他们创作的诗歌作品贴近现实与生活，在追求好诗的道路上不断前进。春风文艺出版社有着久远的诗歌出版史,《朦胧诗选》和《汪国真诗词精选》曾一度畅销。近两年,春风文艺出版社一直致力于打造优质诗歌的品牌。本着推介中国当代诗人的原则,中国诗歌网与春风文艺出版社决定联合推荐出版"中国诗人"诗丛,共同打造"中国诗人"这一诗歌新品牌。该诗丛计划出版百部优秀诗集,在注重诗歌质量的同时,力求结合互联网与传统出版的优势,通过直观的文本呈现向读者介绍一批热爱诗歌、坚持诗歌创作的诗人,以期汇集中国当代诗歌优秀成果,展示当代诗人的创作实绩与创作风貌。

作为国家文化工程的中国诗歌网,推出"中国诗人"诗丛,也是在整个民族复兴的伟大进程中展示中国人崭新的精神风貌。因此,我们在百花齐放的诗坛,特别关注有家国情怀的厚重力作,提倡来自生活的独特发现,鼓励创新探索的艺术精品,推崇高雅纯真的诗情意趣。我们希望这套"中国诗人"丛书是体现诗坛正能量,能够引人向上、向善、向美的诗歌佳作。

我们满怀期待,我们也真诚希望广大诗人和诗歌爱好者关注这套诗丛,与诗同在,我们为此感到自豪和幸福。我们期待更多的诗人加入我们这套丛书,我们也期待这套丛书走进更多读者的心田!

叶延滨

2017 年中秋前夕于北京

自 序

与诗结缘

和好多人一样，与诗结缘始于幼时的唐诗、宋词、元曲等。那时不光要背诵，还要描红。说实话，大多是死记硬背，理解得并不多，主要是备考之用。至于新诗，上了大学以后才渐渐多读了一些，但多是跟风而读，仅限于抄录、仿作而已。

爱上写诗，则是参加工作以后的事。一来挣了工资，可以买一些自己喜欢的诗集；二来有了时间，可以在工作之余，品读一二。看得多了，读得多了，就有了自己写作的冲动。粗略算来，居然有主题十多个，作品几百首。因为古诗太过讲究，所作多以新诗为主。因为供职公交行业，所作诗歌不少与公交有关，曾立志"为公交发展鼓与呼"！

写作无非表情达意，写诗亦然。诗写得多了便有了一些心得与偏好。我曾信奉：一要有意境。即如见其人，如闻其声，如临其境。二要有境界。即天之高远，地之广阔，人之情深。也曾自拟一联"陈诗尚古风，杰作有意韵"，算是多年来写诗的一点感悟，也是对今后创作的一种自勉。

书名《老院子》，取自诗集中的一首写老家的旧作。因为对诗歌写作者来说，老家不仅是生命原点，也是精神坐标，更是创作源泉。书内所选多是曾经发表过，或在亲友中传阅过的作品，共有十个部分、一百余首。原想随意汇编成册，又觉还是正式出版为好，一是留给自己，对过去生活算作小结；二是送给儿子，让他多一个朗诵读本；三是赠给亲友，在闲暇之余消磨时光。是为序。

陈杰

2017年12月

目　录
CONTENTS

带锁的日记

校园记忆

目　　录
CONTENTS

目　录

CONTENTS

老院子

目　　录
CONTENTS

姜家堡的早晨

目　　录
CONTENTS

儿子的玩具

目 录
CONTENTS

又见黄河水

目 录
CONTENTS

城市的动脉

我们，在绿色发展的路上

目　　录
CONTENTS

信仰

带锁的日记

爱在心头

题记：2005年8月11日，清晨起床，随手写下。

我多想——

每天都能见到你的笑脸

都能和你撑起避雨的小伞

行走在美丽的公园、田间

我多想——

每天都能拥着你的青丝入眠

都能追着你的影子向前

往返于迟迟的夜幕、路边

我多想——

用那一缕缕青丝织成无尽的思念

把那一天天的生命片段

锻造成永久的誓言

我多想——

一生也感受

你的青春无限

牵手共同走过宇宙的每一处空间

我是如此地迷恋

那就让阳光始终跟着我们转

让云彩化成人间

最美的爱

等你，在远方

题记：2005年8月11日，清晨起床，写下《爱在心头》之后，又续写此诗。

我期待
你从远方、从天边、从梦中
踏着轻柔的步子款款而来

我要用
每一滴热泪
把你的幸福来滋润

我要让
每一缕春风吹去
你满脸的幽怨

我要让
每一抹阳光都送去
我全身心的迷恋

我还要让

永恒的誓言

化成生命的每一个片段

我还想让

每一丝春雨都凝成

此生不变的思念

那 句 话

题记：作于 2006 年 10 月 27 日。

我把你的

那句话

含着泪

一个字，一个字地

嚼碎

用白酒

慢慢咽下

有点苦，有点酸

有点咸，有点辣

还有一点怕

怕就怕

那是一句

空话

红 酒 会

题记：2013年7月5日晚，受党校同学侯建国之邀，参加一场红酒会，学了一点品鉴红酒的知识，现场吟诗一首。于7日润色而成。

这是一个浪漫的季节
迷人的夜
谁能想起
耶稣的血

这是一场红酒的聚会
些许的醉
哪能忘却
情人的泪

血与泪
让人回味
让人陶醉
更让人心碎

带锁的日记

题记：整理外甥女课本和杂物，发现一本日记。作于2015年2月5日。

不经意
从箱底翻出一本
带锁的日记

在那泛黄的封面上
留着你
娟秀的字迹

在那生锈的锁芯里
莫不是还有你
伤心的泪滴

在那尘封的文字间
肯定珍藏着一串
小秘密

我在想

小铜锁到底锁住了多少

稚嫩的记忆

夏 雨

题记：入夏一场雨。因为有了微信群，少时的同学有了联系，好多场景也开始变得依稀可辨。作于2015年5月9日。

这是一场
饱含思念的雨

下了一夜
还没打算停息

阳台上的吊兰
比往日多了些青绿

有几瓣花儿
散落在楼前的草地

小巷深处
有一把伞是那么熟悉

我不知道

撑伞的人是不是你

走过生命中

一个又一个夏季

是谁，还珍藏着

那本带锁的日记

葡萄藤下

题记：作于2015年8月19日，时值七夕节。

思凡的织女
终于，放下手中的纱

痴情的牛郎
又一次，挑起了小娇娃

只为三百六十五天里的
思念与牵挂

好心的鹊儿，头尾相连
早早把一座桥搭好

葡萄藤下
有一群孩子在戏耍

小姑娘们，挤在一起

学着婆婆剪窗花

你是不是，又在偷听
天上的悄悄话

树之私语

题记：和高中同学魏新强看望吴红刚、马永芳夫妇，想起便道树木相互支撑，共御严寒，遂心生感动。作于2015年11月15日。同月，原诗发表在天津滨海公交《超越》杂志。

像一对情侣
紧紧地，紧紧地
依偎在一起

你金黄的短发
和从前一样，靠在
倔强的臂弯里

是你，在那年的春天
吐露第一片嫩绿
又是你，陪着我走过夏日的茂盛和浓郁

当初冬的风
将枝头的叶子吹落一地

纵然，只剩下
两个干瘪的躯干，在冰雪中屹立
对于爱，我依然
是那么的深信，如此的不疑

因为，我听到了
一棵树和另一棵树的
窃窃私语

你说，不怕
这又不是生命中的
第一次

就让，我们
手牵手，穿越
一个又一个冬季

咖啡留香

题记：楼道里飘进一缕咖啡香。作于2016年11月21日。

从门缝里，挤进一缕
淡淡的，淡淡的
幽怨

有一点苦
有一丝甜

我不禁，闭上了
发困的双眼，让呼吸
从深处到唇边

在这熟悉的味道中
我居然，嗅出了
记忆的碎片

尽管时光

已过了许多年

我依然会，让迟疑的
脚步，在你的小屋
再一次放缓

可是，你还是不能
陪我一起，守着橘灯的
醉人笑靥

还有那，让人
偶尔想起的
从前

偶　遇

题记：偶遇女作家、校友金朝晖，并获赠大作《风月无古今》。作于2017年1月7日。

推开一道，雾霾紧锁的
小铁门，我
第一次遇见你

可能是，有一段
共同的经历，所以
一见便彼此熟悉

是小花园里，花与草的呢喃细语
是操场上，风与雪的青春活力
是图书馆里，早早占好的两把座椅
是宿舍里，悄悄递过的粉红围巾

还有当初，欠下的饭票
至今不想还给你

还有那本日记，还一直
压在箱底
有一张站台票，多少年
也夹在书里

我始终相信，总有一天
还会遇见你，因为校园里
有太多难舍的记忆

那一寸寸时光
那一片片雪花
那一串串足迹

在这细雨里，都化作
一派风月，古今情谊

校园记忆

因为有你，我们变得很年轻

——写给王彦平教官

题记：2003年9月，参加太原市委党校第15期中青班学习。10月8日起，开始为期一周的军训。作于9日。10日晚，在党校"军民联欢会"朗诵后，送给了王彦平教官。

迎着金色的朝阳

穿上绿色的军装

从机关、从县区、从乡镇、从企业

我们走进向往已久的营房

想起，第一次开会

第一次站队，第一次迈着步伐

任由秋风吹

我们真的挺陶醉

从见到你的第一次开始

我们，就在猜，就在想，就在问

今年，你有多少岁，哪年到部队

经过几个冬，过了几个春

记得拔军姿
我们还不太适应
踢正步，我们还不得要领
练唱歌，我们的歌词总是记不清

你很着急
因为你年轻
你还不太清楚
这是一支"特种兵"——
是叔叔兵，是阿姨兵，是大哥哥兵，是大姐姐兵
是一支步态不再轻盈的新兵
更是一支腰板不再笔直的老兵

走好了，你高兴
跑乱了，你提醒
唱错了，你纠正

操场上，月光下
有你引吭高歌的声音

靶场上，围墙下

有你不知疲惫的身影

你是一片绿

激发了大家不服输的冲动

你是一盏灯

照亮了大家怕吃苦的心胸

你是一团火

点燃了大家能打赢的激情

听，军歌嘹亮

看，步伐坚定

还有至今仍回响在

耳畔的枪声

因为有你

我们总算像个兵

因为有你

我们真的很年轻

假 如

题记：2006年6月17日，在市委党校参加第三期市管副县级后备干部培训期间，从太湖返回苏州途中，有感于导游介绍养蚕及前几日参观一家丝厂，在旅游车上即兴创作并朗诵。

假如

我是一个小小的蚕籽

我想静静地

躺在您的

暖暖的胸脯

让您的体温温暖我的

冰冷心房

假如

我是一个刚刚苏醒的蚕蚁

我想登上您那

高高的山峰

把那翠绿的桑叶

细细品尝

假如

我有幸能和您共处一室

我愿和您在漫长的岁月里

吐丝作茧

假如

我能和您一起走出暗室

化蛹成蝶，在这蓝蓝的高空下

我们一定能并肩相携

翩翩起舞

友　谊

题记：2006年8月18日，市委党校上课间隙，为党校举办的军民联谊会所作。

尽管

我们还是刚刚相识

可能相互还不是

那样熟悉

但是

在每个人的目光里

让我懂得，是缘

让我们走在了

一起

虽然

我们是第一次相聚

可能彼此还存在

不少顾虑

可是

从每一位的笑脸上

让我明白，是情

让我们变得

更加亲密

你是否，还记得

——致山西大学政治学系"我们永远的九一级"

题记：1995年大学毕业后，和同学的联系由多到少，直到有了微信群，大家的联系才变得由少到多。此诗献给大学毕业20周年！作于2014年7月19日。

你是否

还记得——

第一次相会

这些年，才知道，考场上

不少人和我们失去了

在一起的缘分

你是否

还记得——

第一个晚会

你介绍，我唱歌，他跳舞

好多人都沉浸在

入学时的军训中

你是否

还记得——

那一次班会

为理想，为真理，为正义

我们进行着激烈的

没有答案的辩论

你是否

还记得——

那一场舞会

仰着脸，搂住腰，迈开步

到现在忘不了

你的舞姿那么优美

你是否

还记得——

第一次约会

小花园，操场边，夜幕下

我们偷偷地品尝

爱的滋味

你是否

还记得——

最后一次聚会

端起杯，倒满酒，不怕醉

厚厚的留言册上

洒下难舍的泪

忆

题记：时常想起与好友杜鸿波在山西大学期间，曾经奢侈的午餐和难忘的岁月。作于2014年8月11日。

好想
当年的那碗剔尖，到现在
还闻见小炒肉的
浓浓香气

外加
旧时的迎泽啤酒，冰镇后
从酒花里能透出
丝丝凉意

如果
过去的难以忘记，那就让
这岁月连同你我
慢慢老去

抢 红 包

题记：和大学同学小聚。席间，或忆当年，或抢发红包，分外高兴。作于2015年3月8日。

舞动手指
管住心跳

盼望着，盼望着
从天而降的如雨的红包

抢了一把毛票
留下一圈欢笑

闹他
把潜在水底的往上捞

快点
把充电宝赶紧接好

兴奋的夜呀

你忘记了睡一会儿觉

静静的生活

从此，多了一分情调

枣儿红了

题记：致敬教师节。写给关心我们学习、成长和生活的老师们。作于2016年9月1日。

校园里的
枣儿开始红了
一群孩子迅速搭成人梯
是您，罚我们站在太阳地
不让兜里装下这样的声誉

操场上的
脸突然变了
一场争斗差点扭在一起
是您，让我们想想同窗友谊
在严厉的目光中鸟兽散去

教室里的
花儿悄悄开了
一张纸条攥在了您手里

是您，替我们保守了秘密
让好感变成了学习动力

黄河边的
鱼儿渐渐肥了
一根教鞭从空中狠狠抽下
是您，让我们知道了畏惧
懂得了生命最值得珍惜

这些年，我经常会想起您
总忘不了您的宽容
我们的叛逆

有一年，我带着妻儿去看您
您和我，一起回想着
遥远的过去

此刻，我又一次想起您
在这个充满敬意的
日子里

小 聚

题记：2015年11月9日，参加大学同学聚会，见到多年未见的李琴、不常谋面的刘素仙等同学，颇为高兴。受张伟之托，作诗一首，以此留念。作于次日晨。

说好了，今晚
和大家聚一聚
早早地，我就在约好的地方等你

当喧闹声，在酒杯的波面上响起
我才知道，自己还是
那么毫无顾忌

终于，我可以
坦诚地面对你

聊一聊，当年深藏心底的秘密
你是不是，也可以
摘下伪装的面具

我知道，你也有
许多身不由己，那么，我能否
分担你的不易

发个红包，给你
送去一份惊喜，未来的日子，你会
收获更多的红利

闲暇时，你能否
想起这份情谊，就让惆怅的叶子
飘落在过去

来，有空
咱们再聚一聚

又一次遇见你

题记：永济高中毕业25周年太原小聚。作于2016年5月15日。

总以为，再也
遇不见你
不承想，今天
突然相聚

是一句乡音
让我勾起昔日的
记忆

是一杯烈酒
让我想起当年的
情谊

是一个玩笑
让我聊起过去的
秘密

我还是我
你还是你

即便是街头的擦肩
也未必能想起

只因为，人生
有了第一次
相遇

从此，在这他乡
在这异地，多了一个
难忘的夏季

校园记忆

题记：2016年10月3日，路过母校永济中学。在门口登记后走进校园，好多记忆在眼前不断浮现。只是变化太大，已不见昔日容颜。作于次日。

匆匆而来，正如
匆匆而去的岁月

校园过道的树
已不那么清秀
枝头上的麻雀，扭头
看着匆匆的来客

篮球场上，有几个腾挪跳跃的身影
操场上，有一对年轻人在呢喃低语
只是，乒乓球台边没了着急上场的队员

大水塔还在，没找见
养着花、种着菜的小花园

食堂还在，再也吃不上
有时咸、有时淡的大锅菜

真想在，昔日的教室
坐坐，看看写了擦
擦了写的黑板

从窗外，看不见
厚厚的课桌后，一个个
伏案苦读的脑袋

行走在，空旷的过道
它连接着空旷的校园
亦如我空旷的胸前

在我念旧的心里
没了那座老校门
也模糊了我，日思夜想的
过往容颜

拉　链

题记：和高中同学小聚，快乐无比，送给老同学史永杰、王云鸿、梁春贤、常继元。作于 2017 年 1 月 30 日。

一次偶然的乍现
让颤抖的手，触碰一条
激情的拉链

向上
向下

忧虑之间
风情无限

拉过好多次拉链
有一份真情，始终
留在心间

倒一杯美酒

抒不完情爱

只把，昨日的爱恋
细细品味一遍

明眸善睐
酥背香肩

你爱，我亦爱
是谁，给她一个
爱的世界

送你，在这早春时节

——悼念好友吴红刚

题记：2017年3月19日下午5时20分许，好友吴红刚因病去世，享年44岁。惊闻噩耗，与几位同学立即前往照应一二。是夜久久难以入睡。作于次日。

兄弟，好兄弟

公园里的花已开了

街头的树又绿了

汾河里的冰也化了

在这细雨霏霏的早春时节

我来送你

还记得，那些年

你娶妻生子，我们举杯痛饮

我听你畅谈着，日子的美，生活的甜

你走南闯北，我们偶然小聚

我听你诉说着，在外的苦，奔波的难

你住院出院，我们坦然面对

我听你描述着，刀口的伤，心里的痛

你还能想起，老早我们在一块
吃过的饭、喝过的酒
你还能想起，以前我们在一块
品过的茶、聊过的天
你还能想起，当年我们在一块
走过的路、说过的话

兄弟，好兄弟
在我的手机里，存着你好几个号码
你有时在出差的路上
你有时在回家的途中
只一个电话，我便知道了
你的去往，你的归来
可是，从此，这些都成了
再也打不通的电话
我不想删掉这些号码，因为它们
将作为一种象征，保存到永远

兄弟，好兄弟

为你，我已叠了一堆元宝

为你，我又上了一炷清香

为你，我也戴了一朵白花

让我抬着你出门，因为

这又是一次出发

让我再送你一程，因为

这也是一次回家

一路走好——

勿念、勿想

再无挂碍——

勿想、勿念

杏花村落

——游汾酒集团有感

题记：游汾酒集团，与大学室友李文刚小聚，品酒聊天，万分快乐！作于2017年4月2日。

与一处村落相约
过几天慢生活

清明节，杏花村
牧童遥指，酒家
已过千余载

总以为，青春当年
不承想，却是
华发半百

一壶酒，几杯愁

反正一下①，唇齿
香飘六千年

赏万株杏花
品头锅原浆

花似海，酒如泉
他乡故友，唯愿
相知到永远

闲来畅饮
亦可看海

_____

① 反正一下是杏花村的一种酒文化。杏花村酒杯上下皆
可倒酒，深浅不一，饮用时一反一正各喝一下。

望 乡

思 乡

题记：好几年没有回过家乡，脑海里经常会浮现出儿时的记忆，久久不能释怀。作于2006年8月7日。

我多想
用远古的辘轳
从故乡的水井里
捞起儿时的
梦想

就像是
在清新的夜色下
一桶清水上
跳动晃眼的
月亮

还有那
金色的麦浪
泥土的芬芳

雄鸡迎着朝阳

老牛走过村庄

你能听到

老人家穿过巷子的

拐棍响

小孩子排队放学的

小合唱

姑娘们春季舞动的

新衣裳

小伙子夏日忙碌的

打麦场

还有那

村口传来的钟声

在记忆深处

不停地

飘荡

在　外

题记：2010年11月9日，在天安门广场附近散步，心生思乡之情。作于当日。之后，在一次出差途中，逢南航空姐喜庆重阳，抄录此诗换了个飞机模型。2016年4月27日，原诗发表在《山西日报》C2版"诗在场"栏目。

对老屋的眷恋
对故土的挚爱
对亲人的思念

都化作
儿时的一盏油灯

指引我
一路
向前——

望 乡

题记：偶然回到故里永济，与史永杰、王云鸿等好友在福兴苑酒店小聚，畅饮之余，便多了几份恋乡之情。作于2010年12月12日晚。当月20日，原诗发表在《太原公交》第4版。2017年2月，再发《西部交通运输》第一二期合刊。

暮色下

朦胧的山梁，崛起的农庄

绿树掩映的新院墙

挡不住

福兴苑的点点灯光

捧起杯杯陈酿

满院飘香

古道旁

静静的鱼塘，无声的船桨

随风摇曳的芦苇荡

讲不完

蒲州城的悠悠时光

放下丝丝惆怅

醉卧夕阳

睡梦里

老牛的守望，鹳雀的绝唱

流传千古的小红娘

忘不掉

五老峰的处处风光

穿越层层峦嶂

魂归故乡

最爱还是我的故乡

题记：2012年10月1日，携幼子回永济探望亲友。推开老屋门，儿时的记忆扑面而来，让人幸福而又感伤。作于10月9日。

我去过许多地方
最爱还是我的故乡
巍巍中条
朝舜广场
情定西厢
还有那黄河水
从脚下流向远方

我去过许多地方
最爱还是我的故乡
柿子红透
花生飘香
棉桃绽放
最难忘麦田里
闪烁着金色波浪

我到过许多地方

最爱还是我的故乡

屋前老树

半夜灯光

收拾行装

肩负起父辈们

挂念的点点希望

乡 愁

题记：2014年春节在永济老家度过。与妻儿在村里闲逛，便多了一份留恋，添了一丝乡愁。作于1月31日，大年初一。

乡愁
是黄河边
迎风的白杨
是东沟里
散落的牛羊

是眼前
长满草的土院墙
是屋后
不再转的老磨坊
是村外
空荡荡的打麦场
是村口
驼了背的爹和娘

是一个

你离她越远

越感到温暖的地方

绿 皮 车

题记：因一场暴风雪不得不改变返程计划，再次坐上了多年前经常乘坐、至今仍在南同蒲线上运行的绿皮车。作于2014年2月5日。2016年5月18日，原诗发表在《山西日报》C2版"诗在场"栏目。

还是

从车窗传递行李

还是

在车厢挤来挤去

还是

趁夜色拉响汽笛

还是

挥挥手告别

渐行渐远的你

哦

那一列长长的绿皮车

时常穿行在

亲人的梦里

装不下
小县城难舍的
记忆

青 桐 树

题记：外甥结婚，又回永济。闲时在街上溜达，看着两边愈加粗壮的青桐树，让人有一种身处异地的感觉，不免有些伤感。作于2014年8月14日。2016年5月18日，原诗发表在《山西日报》C2版"诗在场"栏目。

总喜欢

一个人背着包

行走在老县城的街边小道

看秋风吹起

片片落叶

或者是

循着淡淡清香

穿过一片草地

拐进一条小路

轻轻推开一家

樱花茶社

不承想

多少次，从这里走过

还是那条老街巷、那排青桐树

我倒成了

匆匆过客

燕 归 来

题记：2015年2月17日早晨8时许，一家三口坐D5341次列车回永济过年，沿途春意盎然。作于列车上。

独自漂泊
在外，又是一年

打点行囊
辞别城市

看柳枝挽住了风儿
河水滋润着麦田

沿途村落
有几家贴上春联

衔泥的燕子
忙碌在昔日的屋檐

列车飞逝

早已穿过高原

心随风动

人已归来

又到粽叶飘香时

题记：作于2015年6月15日。

嘈杂的早市
来了一个
拎着小桶的姑娘

探出水面的粽子
和传说中俏丽的
小脚一个模样

五色线缠不住
枣的甜美，还有
米的幽香

解开的叶子
汗津津的，还是
那么修长

斗草的小伙伴，憋着劲
还在做最后的较量
小摊上，还摆着五颜六色的
随风飘曳的香囊

你，是不是
又想起了龙舟
想起了久远的汨罗江

槐花飘香

题记：槐花，可以生吃；可以焖饭；也可以晒干，以备冬日食用。作于2016年5月4日。6月29日，原诗发表在《山西日报》第10版。

路过，一条挂着

几串槐花的小巷

我便想起了，那缀满枝头

清香淡雅的老院

屋前屋后

村里村外

心急的孩子们

三个一群，五个一伙

爬上树杈，揪下一串

那叫一个香甜，还要把裤兜塞满

刚过门的小媳妇

挼起袖子，踮着脚

探出身子，钩住树枝

好不容易拽下一串

顾不上划破的红衣衫

大妈大婶们

则拎着柳筐，坐在门口

摘如玉般的花瓣

用老井水洗涮

蒸一笼香喷喷的焖饭

时光如水

往事如烟

记不清，多少次

在这多情的五月

我总想，从这路边走过

摘一串槐花

挂满思念

布谷声声

题记：小满到，布谷叫，又到晋南的麦收季节。作于2016年
5月20日。

是布谷鸟的执着
把我从睡梦中轻轻唤醒
窗外，又是一个湛蓝湛蓝的天空
于是，我想起了金色的麦浪
闻到了麦穗的清香

又是一个麦收季节
天一擦亮，大人们便早早起来
把镰刀磨了又磨，带上绳索
拎一壶水，拿几个馍
套好牛车，拉上一家
向村外的麦田出发

望着成熟的麦子
想着多变的日头

男人开路，龙口夺食

女人殿后，颗粒归仓

一行行麦子倒下

倒下的，是一年的收成

一捆捆麦子立起

立起的，是来年的希望

小孩子，是割不了麦子的

大多跟着大人，弯下懒腰

捡捡散落的麦穗

或者，追赶时而飞起、时而落下的麻雀

要不，爬上装好的车子

靠着麦捆，从乡间土路招摇而过

打麦场，是亮把式的地方

这边是碾场

扣一个破草帽

搭一条湿毛巾

甩着鞭子，让拉碾的牛儿

在场子里来回转

能听见麦秸的噼啪响

那边是扬场

披一件白汗衫

握一把大木掀

铲起一掀麦子　迎风扬起

呈一条抛物线　顺风落下

夕阳西下，是脱了壳的麦子

闪动着金色光华

麦秸垛，永远是年轻人的天下

可以捉迷藏，闲拉呱

从池塘里，逮几只青蛙

可以看满天星星

送一双才纳的鞋垫

尝一口偷来的甜瓜

说一夜悄悄话

每年，都是这个季节

是布谷鸟，把我从梦中唤醒

让人想起麦穗，想起麦浪

想起当年的村里娃

麦子熟了

题记：2016年6月10日坐D2527次列车回永济老家，沿途能看见成片的即将收割的麦子。作于列车上。6月29日，原诗发表在《山西日报》第10版。

沿途的麦子
渐渐地熟了

平整的土地上
一片片的金黄
伸向了远方

熟得那么诱人
还送来，一阵阵
扑面的热浪

怄怅的山村里
黄与绿的色彩
还在较量

在一个个向阳的山坡上

金黄中，还带着些浅绿

在一条条背阴的沟壑里

青绿中仍夹着些淡黄

收割机和镰刀

既互不相让

又各有所长

我倒是倾心于

一把宽头的、锋利的镰刀

弯下腰来

收割希望

尽管，我惧怕麦芒

可是，我一直渴望

那浓浓的麦香

过年散记（组诗）

题记：故乡的年是琐碎的，也是热闹的，处处能见乡情。作于 2017 年 1 月 28—30 日。

1

一个个小灯笼，缀满了枝头

喜庆的红，便从一条街

传到又一条街，染遍了

一座小县城

2

人如海，货似山

小超市里肩挨着肩

买了些糖果，排了

好长的队，总算付了钱

3

赶了最后一个集
摆地摊的特别多，花生
瓜子、甘蔗，还有
几副现写的对联

4

如雨般的鞭炮，春雷似的响声
我还会下意识地，摸摸
衣兜，看还能不能
翻出一个小可爱

5

年三十的饺子包好了
母亲的手明显慢了
父亲的酒明显少了
煮几个饺子，先尝尝
味咸味淡

6

又看了一届春晚，鸡年
不是鸡肋，我睡不着
儿不想睡，身边多了
一个守岁的人

7

儿像模像样地，趴在地上
给爷爷奶奶磕了个头
嘴里说着——
身体健康，红包拿来

8

十字路口，红灯停
绿灯行，车来车往
走亲戚的礼物，塞满了
一个个后备厢

9

有几颗寒星，散落在
清冷的夜空，不停地
向路人眨着眼睛

10

门房的高大爷，年后
就不来上班了，临别时
约了几位牌友小坐
说了好多难舍的话

11

收到同学们发来的
聚会的微信，让人更加
珍惜近三十年的
铁打情谊

12

欢乐谷里游人如织

朝舜广场彩灯林立

中条山上镌刻着

魅力永济

村里的年

题记：村里的年，喜怒哀乐，五味杂陈。作于2017年1月31日。

村口立了块石碑
刻了村名，写了简史
村里人知道了自己的来历
撰文的人也勒了名字

儿时的校园，改成了
文化广场，种了些花草
添了些设施，只是
没几个人玩耍

在家种地的，好不容易
到了农闲，掐算着往年
盘算着来年，惦记着
快要返青的麦田

在外务工的、经商的

回来了，做几个菜
喝几盅酒，聊一聊
打拼的那个难

几年前出嫁的邻家女儿
带着丈夫，领着儿女
拎着礼物，坐着新车
回到娘家

本家叔叔酒喝多了
在别人墙脚撒了泡尿
挨了一顿骂，为此
两家人打了一架

老学究横遭车祸，死了
大门上，贴的是
别人为他写的
一副白对联

东邻家还在，只是
得了绝症，仍忘不了

到村外捡拾一些
烧炕的柴火

瓦楞上的雪，没来得及
融化，只是落下了
几个红炮屑，还有一群
淘气的孩子

老院子的草，稀疏枯黄
一如我头上的发，只是
三月来临，墙头又是
一片春色

我在村里转，小孩子
不认得，新媳妇没见过
只有拄杖的老人
还依稀记得我的童年

老 院 子

母亲的腰

题记：父亲从永济来电，说从西安请专家给母亲做腰椎手术难以实现，考虑来太原治疗。放下电话，便想起母亲常年操持家务、早已直不起的腰。作于2013年4月17日。

瘦弱的
心里
藏着几代人的
牵挂

为了父亲
吃苦
受累
操心
持家

为了儿女
节衣
缩食

担惊

受怕

为了孙子

吃饭

喝水

看书

玩耍

六十八年的劳累

像一座山把母亲的

腰

悄悄地

压

下

回家过年

题记：多年未在老家过年，和单位请假后，拎起行李便往机场赶，候机时听到几个人谈着即将到来的春节，心中不禁有点酸酸的感觉。作于2014年1月26日。

打起
匆匆的行囊
告别
城市的喧嚣
回到
遥远的故乡

带着
甜甜的酥糖
捧起
让爹娘细细
品尝

想着

暖暖的土炕

躺下

让心灵慢慢

疗伤

嫁 女

题记：2014年1月28日，外甥女陈媛媛出嫁。次日，在姐姐家写下此诗。

迎亲鼓乐
洁白婚纱
牵手红绸

喜庆的天空飘下来
满地的炮花

送亲队伍
快要出发
拜别娘亲

幸福的脸上
擦不去
难舍的
泪花

想念爷爷（组诗）

题记：总想起小时候在爷爷身边的快乐成长与幸福生活。让人觉得，一个人的童年或幸福、或艰辛、或痛苦，对人的一生都影响巨大。作于2014年7月1—3日。同年，原诗发表在《中国诗》第6期。

春　日

当燕子归来的时候
村西地头，便开始流淌着
浇灌农家人希望的
汩汩清水

此时的爷爷
拎着铁锹，跟着水流向远方走去
脚底下踩过的
—垄垄小麦
从此泛起浓浓春意

还有平日里

甩起的膀子把杂草

——锄去

夏　夜

当知了歇息的时候

老屋院子，便拉起了夜幕

端盆晒了一天的水

忙着擦洗

此时的爷爷

铺下凉席，拿着缝着布边的大蒲扇

把轻风慢慢摇起

让满天的星星

陪着我进入梦里

还有土墙上

有几只壁虎仿佛永远

趴在那里

秋　风

当树叶变黄的时候
黄河岸边，忙碌一年的人们
满脸幸福地
迎来了收获季

此时的爷爷
披上褂子，一头钻进自留地
掰下一个个玉米穗
用小平车
把喜人的收成拉回去

还有沙土地
爷爷弯下腰把落花生
连根拔起

冬　雪

当雪花飘下的时候
草垛后面，孩子们拽着绳子

等着麻雀自个儿

钻进筛子里

此时的爷爷

炒几个鸡蛋，烫一壶杏花村

摆上炕桌

等着孙子

用小酒盅啧啧喝起

还有天亮前

那只脚在热被窝里

轻轻踹你

笨月饼

题记：作于2014年9月7日，中秋前夕。

愁了一天的你
终于，下了一夜
淅淅沥沥的雨

邻家的小朋友
手里紧紧攥着一块笨月饼
怎么逗
都怕让人
抢去

这，让人不由得想起
妈妈的手艺
也是
这么香，这么酥，这么甜
还盖着一个烤得
焦黄焦黄的福字印

给母亲打个电话

题记：作于2015年5月10日，时值母亲节。

每个礼拜
都给母亲打个电话

问一问南山的雨
是不是比城里的大

老父亲
这些天都在干点啥

邻家的老太太
还来不来常拉呱

闲下来
看不看折子戏《挂画》

路边的青桐树

是不是又开了花

老屋的燕子
还在不在房檐下

村子里
又该种哪一茬庄稼

这会儿
是不是把儿孙来牵挂

三十三封家书

题记：整理书柜，发现父亲当年写的三十多封书信。现在读来，更觉舐犊情深。遂买了几个资料册，一一装好，留作纪念。作于2015年6月18日。

在书柜的一个角落

我珍藏着，三十三封

有些泛黄、有点发脆的家书

重读，这厚厚的一摞

您，总爱唠叨那些忙着收割

或是下种的农作物

地里的麦子熟了

下一茬打算种些玉米

撒些豆子，栽些红薯

在一张张信纸上，抚摸

还留着您，当年那么多

放不下的叮嘱

想想农民的苦，上学可得下功夫
多记人的好，工作千万不能耽误
人得知足，穿衣吃饭要朴素

聆听，在字里行间的深处
总有一些话，至今还在
一次次地重复

天冷了，记得添件衣服
少喝点，身体不能太马虎
想家啦，就带着一家子回来住

夜风里，我又看到了
老院子，那棵，飒飒响起的
梧桐树

陪 护

题记：2015年8月12日，父亲突发心脏病连夜住院。我一
人守在医院，觉得也是一种难得的幸福。作于次日。

长长的走廊里
只剩下，几盏
灰暗、发黄的灯光

氧气表的气泡
被吹得上下翻腾
又化作阵阵细浪

输液管的液体
滴—答—滴—答—
能听见微弱声响

监护仪的电极片
紧紧地粘在
憋闷的胸腔

多少年，总觉得

一个男人应该

永远代表着坚强

生活，从来

不允许，也不能

弯下沉重的脊梁

不承想，此刻

老父亲正痛苦地

躺在病床上

我则静静地

静静地，守候在

他的身旁

从那灰浊的目光里

我第一次读懂了一种

久久的渴望

就像，就像小时候

钩住他的脖子

骑上他的肩膀

总希望，获得

一种源自内心的

关爱和力量

老 院 子

题记：每年回永济老家，总要回爷爷的院子看看，尽管满院是草，仍然觉得特别亲切。作于2016年2月22日。

多少次，我都是
拽开虚搭的门闩
踏着荒草，品味凄凉

东墙角，有一个
沤烂的茶壶，仿佛
还在吱吱作响

西墙根，有一把
生锈的炒瓢，好像
还在熬着高汤

院子里，有一个
受伤的水缸，大概
还在等待月亮

还是那间屋子
四处漏风，晚上
能看见天上的星光

还是那方土炕
早已坍塌，那是
儿时烟熏火燎的疆场

还是那扇发黄的
不再有人撑起的
纸糊的窗

忘不了，那棵枣树
只是少了孩子的攀爬
一直在后院疯长

屋檐下，有一张
尘封的蜘蛛网
落满忧伤

草之思念

题记：每逢爷爷忌日，总会想起和爷爷一块生活的日子。爷爷偶尔也会托梦而来，让人感慨不已。2016年10月1日回永济，去爷爷坟前烧纸、祭拜后作此诗，以表思念。

还是那条通往村外的沟

还是那道不再翻越的梁

沟里的草哇

绿了一茬又一茬

梁上的草哇

黄了一年又一年

爷爷坟头的草哇

回望着老院子的草

老院子的草哇

遥望着爷爷坟头的草

揪一把荒草

画一个圆圈

用心，轻轻地搓开
一张又一张纸钱
让一团团火焰燃起一缕缕青烟
在草丛上，回旋飞舞
难舍在天边

我之思念，恰如草
对这泥土的依恋

草之思念，便如我
梦里的那个老院子

小 石 墩

题记：爷爷门前的小石墩丢了。作于 2017 年 2 月 1 日。

爷爷门前的，两个
小石墩，终于丢了
连同，底座上的老方砖
也没留下一块念想

那是我儿时，骑上爷爷
肩头的上马桩，也是后来
爷爷晒太阳的老地方

那是乡邻们，农闲时
家长里短的说笑地，也是
孩子们，蹦上跳下的游乐场

谁也说不清，是哪天
又是谁，几个人，用啥工具
费了多大劲儿，将它们

悄悄拖出了村庄

就像有人，趁着夜色
偷偷收割庄稼，也像借着
月光，顺手牵走牛羊

村里人说，肯定是个晚上
那些瞎转悠的人
起了歹意，坏了心肠
让爷爷的门前，从此
少了一对老搭档，却让我
多了一份永难忘

我经常摸摸，小腿骨
那块，磕在小石墩上的
至今还有点青紫的
小瘀伤

也不知道，它们两个
现在流落何方，是摆在了
谁家大门前，还是成了

一对旧收藏

是不是，经受住了他乡的
风吹雨打，是不是
适应了又一个寒来暑往

还是不是，那么光滑
那般无恙，还是不是
当年的老模样

说好了不送

题记：每一次短暂的欢聚，都意味着难舍的离别。作于2017年2月2日。

说好了不送
母亲还是，一手抓住护栏
一手拉着孙子，一个台阶
一个台阶送下楼梯

就和当年我外出求学那样
装上馒头、饼子、煮鸡蛋，大包小包
一路叮咛，把我送到村外

后来，搬到城里
母亲从不接我，那是为了
让我一回家，就能吃上热汤面
母亲从不送我，那是为了
不让我伤心地走出大院

再后来，我都是
对着窗口说：妈，我走了
母亲总是隔着窗招招手
不肯说声告别的话语

成家了，我经常领着妻儿回家小住
每一次，母亲都送我们到楼下，提醒我
到站后来个电话

每一次归来，我们
老远在楼下喊一声：爸——妈——
迎接我们的，永远都是
欢喜的笑脸

每一次出发，儿子
总要抱着爷爷奶奶，说声再见
我的泪水，就不由得
在眼眶里打转

母亲也一样，只是
谁都不想，让人看见脆弱的一面

姜家堡的早晨

看 戏

题记：总喜欢在书房看京剧、晋剧、秦腔、豫剧和家乡蒲剧，买一些与戏曲史有关的书籍随手翻翻。一来消遣时光，二来从传统文化中吸取营养。作于 2014 年 11 月 11 日。

泡一杯

清茶

独自一人，卧在躺椅上

选一出折子戏，能看到天蒙蒙亮

还是

才子佳人、帝王将相

或幽怨、或欢畅、或高亢

听得是似愁云，若流水，绕余梁

让鼓点有板有眼地敲打在心上

只是

少了

孩子们在人群里

来回穿过的捉迷藏

少了
戏台上的铁马
被风儿吹得叮当响

少了
摆地摊的吆喝
油茶在空气里飘着香

惬　意

题记：最喜欢过的幸福生活。作于 2015 年 3 月 14 日。

洗个热水澡
冲去一身的疲惫和困乏

搬一把躺椅
让暖暖的阳光晒着光脚丫

看着天上的云彩
是那么悠闲，那么潇洒

摊开一本书
最好是小朋友喜欢的童话

泡一杯清茶
盯住那片舒展的叶子
慢慢落下

醉 了

题记：作于 2015 年 6 月 5 日。

忘了一切戒律
说了好多秘密

多了几分豪气
少了一些顾虑

醉了，才是真实的你
醒了，反倒记不起

睡了，还有一杯酒
晃悠在梦里

姜家堡的早晨

题记：2016年元旦。和妻儿回祁县姜家堡岳丈家过新年，村里环境整洁，空气清新。作于当日。

这是一个，有些
静寂的小村落

冬日的树杈上
露出光秃秃的鸟窝

电线上，一字排开
站着七八只灰鸽

从草垛上，突然
飞起成群的麻雀

刚会下蛋的母鸡
咯——咯，咯——咯——咯

欺生的狗
追一追，歇一歇

村口的奶牛
嚼着悠闲的生活

邻家的戏匣子
唱了半个村落

来几下深呼吸
哼一支舒畅的歌

村外晨光

题记：晨起，在村外溜达。作于2016年1月2日。

我独自一人
穿行在乡间小路

早起的狗儿
在村外相互追逐

能听见，打鸣的
鸡就在不远处

有几只喜鹊
冲破晨起的薄雾

一轮红日
喷薄欲出

我听到荒原上

有人大声高呼

也不知道，能否
唤醒这冬眠的草木

落日余晖

题记：作于2016年1月2日晚。

一座，杂草丛生的小庙
两处，相互依偎的墓地

几棵，不修边幅的虬枝
数只，急于归巢的寒鸦
一群，结伴而行的羊儿

都留不住，愈行愈远的
那轮落日

你是否，还在留恋
那初升的壮丽

村里的星星

题记：城市雾霾重重，村里星空灿烂。作于2016年1月3日。

我抱着儿子
仰望着美丽的星空

有的大，有的小
有的暗，有的明

有的，四处飘游
还有的，一动不动

一颗二颗三颗
数也数不清

就连枣树上
也挂满了小精灵

儿子问，是什么

在天上眨巴着眼睛

我说，是你在画册里
见过的那些星星

农家的中秋

题记：2016年9月16日（农历八月十六）回祁县过节，村里一派忙碌景象。作于当晚。

在院子里，支一张
连天接地的小方桌

摘一堆枣子
煮一锅毛豆
拌一盘野菜

端起，有些烈溢出香的高度酒
咬着，有点甜特别酥的笨月饼

聊聊今年的秋收
想想来年的收成

夕阳下，还跟着收割机
捡起，一个个漏掉的黄玉米

秋风里，仍然在田野上

拾掇，一行行喜庆的红辣椒

顾不上，那轮

悄悄地，挂在天上的灰月亮

村里的雪

题记：村里的雪仍未融化，在院子，在墙脚，在麦田。作于
2017年1月1日。

都是同一个季节
我却更喜欢村里的雪

当城里的雪花开始
飘过汾河，飞往街道，落在小区
早起的人们，便拎着铁锹，挥动起扫把

当村里的屋顶、树枝，还有麦田
落满厚厚的雪花，农家人
起得都不似往日那般早

老人们是高兴的
心里正盘算着还用不用冬浇
年轻人是高兴的
农闲是媒婆最忙碌的季节

小孩子是高兴的
打着雪仗在巷子里来回跑

牛儿是快乐的
正躺在圈里咀嚼时光
狗儿是快乐的
正卧在暖暖的炉火旁
鸡儿是快乐的
正待在窝里迎接曙光

只有麻雀，为着生计
在院子里蹦蹦跳跳，在草垛上盘旋起落
向人们，诉说着不尽的苦恼

雪花说，它不喜欢城市
因为化了，身上
总会沾上污泥

它更喜欢，清冷的村庄
纵然化了，也能滋润
脚下这块土地

又坐绿皮车

题记：一家三口去踏青。于2017年4月2日。

坐一趟绿皮车，告别
苍老的火车站

慢，逢车必让
逢站必停，真慢

天真蓝，山好青
树也绿得可爱

一汪春水灌溉了
成片农田

不是江南
却似江南

忙碌的列车员，还在

穿过车厢叫卖

啤酒饮料矿泉水
瓜子花生方便面

一个小姑娘，踩了我一脚
却向别人道歉

列车停靠在，前方
一个陌生的小站

不似当年
却是当年

儿子的玩具

儿子的玩具

题记：2011年7月8日，儿子陈润钵出生，父亲取乳名小石头，寓意结实健康。每日回家，儿子先由我陪着入睡，妻则忙着收拾一地玩具。作于2013年4月12日。

小鸭子静静地漂在水里
小猴子悄悄地屏住呼吸
小兔子乖乖地上了躺椅

小警车顶住了推土机
小坦克碰坏了挖掘机
小火车撞上了压路机

还有一把小手枪
陪着儿子
在梦里

小兔子还睡着呢

题记：2014年9月1日，儿子陈润钵第一天上幼儿园，特别高兴。之后几天，一直找种种理由不想去幼儿园。作于9月12日。

儿子
掉着泪说——
街——上——
灯还亮着呢，天还黑着呢
小兔子还睡着呢

我——
不想起床
不想洗脸
不想刷牙

妈——妈——
我——不——想——去
幼儿园

害　怕

题记：与儿子的一次对话。作于2015年3月15日。

爸爸，爸爸
幼儿园里好害怕

为啥
因为豆豆的爸爸

咋啦
他的肚子特——别——大

哎哟
小朋友害怕它爆炸

你呢
不怕，不怕

为啥

老师说，躲——开——它

哈——哈——

哈——哈——哈——

纸 飞 机

题记：儿童节，送给幸福的孩子和难忘的童年。作于2015年
6月1日。

儿嚷着
要叠一个纸飞机

我从茶几下
随手抽了一张纸

对折，再来一次对折
打开，沿中线把四十五度角折起
对折，再反折两个漂亮的机翼

捏在手里，对机身轻轻吹口仙气
让飞机在空中
飘来飘去

儿扬着脖子

看得满脸都是惊奇

我实在想不起，是谁教会的手艺

风里，全是遥远的

金色记忆

跳　远

题记：儿子练习跳远。作于 2016 年 1 月 7 日。

扭扭脖子
动动手脚

脚跟微抬
双膝稍屈

一、二、三——
手臂往后一甩

像振翅欲飞的小鸟
奋力向前一蹿

落地—站稳—扭头
往身后看一看

看看，那根一会儿近
一会儿远的起跳线

写 数 字

题记：2016 年 1 月 14 日晚，儿第一次完整地写下十个数字。作于次日。

儿一个人
趴在茶几边

握着一根彩笔
在一张白纸上

写下一串，大大的
歪歪扭扭的数字

1—2—3—4—5
6—7—8—9—10

妻有些意外
我有点惊奇

因为，儿已经触摸到

和这个世界交谈的

秘语

扭 扭 车

题记：儿经常在家里玩扭扭车，很是老练。作于2016年2月3日。

向左扭一扭
向右扭一扭

加速，从卧室出发
绕过厨房，让过书房

躲过沙发，闪过茶几
从客厅一穿而过

离花盆越来越近
突然在走廊掉头

在原地转几个圈
靠地脚线摆好车

昂首挺胸，像一名

荣获桂冠的赛车手

向赛道致意

和观众拥抱

给爷爷奶奶写封信

题记：儿学完了拼音，认识了不少字。2017年4月9日，由妻子领着去邮局给爷爷奶奶寄出人生中的第一封信。作于5月5日。

打开一张彩色的卡片

托着下巴，想了很长时间

写了一段贴心的话——

亲爱的爷爷、奶奶

清明过去了，还下雨呢

出门记得带雨伞

把最得意的几张画

连同这些话

叠进一个大大的信封

用歪歪扭扭的字

写上邮政编码、邮寄地址

还有爷爷的名字

邮局的小阿姨，催促着
有点着急下班
儿则不慌不忙，封了口
贴上几枚邮票，双手捧起
放在高高的柜台上

等待着，让一份惊喜
带着心愿，穿过邮箱
飞往远方

儿子的毕业典礼

题记：参加儿子的幼儿园毕业典礼。儿子有幸当了小主持人，且和同学们一起表演节目。真诚感谢朵朵幼儿园及老师们，对孩子们的倾心培养和无比关爱。作于2017年6月29日。

很少送儿子上学
也很少接儿子回家
在这一千多个日子里

你和小朋友一起
学会了唱歌、跳舞
学会了拼音、算术

你和小朋友一起
学会了朗诵、阅读
学会了手工、轮滑

你和小朋友一起
学会了穿衣、吃饭

学会了礼让、道歉

你和小朋友一起
学会了升旗、致敬
学会了感恩、友爱

舞台上，灯光闪闪
舞台下，泪光点点

儿子无限自豪
老师无限依恋
家长无限感慨

在这，人生的
第一次毕业大典

你灿若一朵小花，我则
在角落里，守着你
慢慢长大

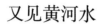

又见黄河水

一个王朝的记忆

题记：2008年4月13日，随同行旅行社赴宁夏首府银川旅游。作于次日。在返程中作为一个节目给大家背诵了一遍。2017年2月，原诗发表在《西部交通运输》第1、2期合刊。

因为 渴望放松

我们出发在

一个带着朝露的黎明

因为 寻求梦想

我们穿行在

这个蒙着面纱的秘境

枸杞 花儿 宁夏红

大漠 落日 梦驼铃

君不见——

贺兰山缺 御外敌

不再清晰的刀光剑影

六盘山峰　为百姓
早已在手的红色长缨
凤凰城里　谋发展
精心勾画的塞上美景

还有那——
羊皮筏上　求生计
不畏劳苦的无数生灵
镇北堡内　凭荒凉
走向世界的些许明星
老水车下　忆沧桑
咿呀失语的古道悲情

于是　我想
一个政权的建立
大都是，金戈铁马，狼烟起
那一代代不朽的千古英名

一个王朝的远去
难道是，黄河岸边，立春后
那一块块解冻的万里冰凌

一个民族的兴衰

非得要，烫壶烈酒，闲暇时

把那些个麻木的世人浇醒

我们留恋辉煌，是因为

历史　太凝重

需要用心去品评

我们共享快乐，是因为

今天　很荣幸

能与您款款同行

情 人 路

题记：2010 年 9 月 5 日，在大连参加政研会。参观途中，车过情人路，用手机写下此诗。

走过
一段情人路
难忘朝朝暮暮

千万别说"不"
人生总需要
一种呵护

因为
旅途中
有你

便多了一份
压在心底的
倾诉

印象·桂林

题记：2010年11月，赴桂林，逛街景，游漓江，看《印象·刘三姐》，写下此诗。2011年2月20日，原诗首发《太原公交》第559期。2017年6月，再发《西部交通运输》第6期。

临街的山崖
飘香的桂花
淡淡清茶
目送着远去的
小竹筏

静静的流沙
悠闲的鱼虾
戏水野鸭
看不够诗意的
水墨画

难辨的骏马

沉默的菩萨
望夫石下
等不来当年的
贴心话

皎洁的月牙
含羞的长发
激情火把
沉醉在如烟的
老船家

写给阿诗玛

题记：2011年11月25日赴昆明考察有感。

看不完的

石头

拍不完的

镜头

畅游在滇池的

桥头

想起儿时的

丫头

永远记挂在阿黑哥的

心头

武汉掠影

题记：2012年5月13日中午14点28分，草于武汉到上海的飞机上。

拾级而上
未曾见到鹤
大多是
天地之间匆匆客

龟蛇两岸
一桥头顶飞过
谁不爱
江城夜景灯似火

来往江滩
渡轮在穿梭
想来是
为了生计去奔波

顺江而下

君在船头坐

哪能忘

还我江山大气魄

哈尔滨的思念

题记：2012年12月18日，赴哈尔滨参加中国交通报刊协会座谈会。次日，和20余年未见的老同学尚隆相聚，大醉归来。作于2013年3月3日。

哈尔滨的冰
都雕成了灯

哈尔滨的雪
飘落了一个季节

哈尔滨的红肠
透着淡淡的蒜香

哈尔滨的大列巴
让相聚成了牵挂

哈尔滨的啤酒
醉了，你才是最好的朋友

哈尔滨的格瓦斯

尝了，你会把人生的酸甜

留在心底

又见黄河水

题记：老家山西永济属黄河中下游，河水由北向南而来，往东而去。2014年10月在兰州出差，见自西向东的黄河水穿城而过，特别亲切，思乡之情顿生。作于当月18日。2016年4月27日，原诗发表在《山西日报》C2版"诗在场"栏目。

从小，就喜欢
在黄河边

看，沿岸的柳枝吐露新芽
在水里打闹的光屁股娃
片片雪花从天空飘下

听，从河面上传来的蒲州梆子响
唱的是，义薄云天的关云长
哼的是，穿针引线的小红娘

多少年，思念
和慢慢沉淀的细沙有点像

和咿咿呀呀的船桨有点像
和恣意生长的水草有点像

今，又见
黄河水

马子禄家的牛肉面
从大众巷往外飘着香
灯火阑珊的中山桥
讲述着百年的沧桑
水雾缭绕的老水车
多少有些忧伤
岸边的黄河母亲像
是那么美丽那么善良

晨练的老人
听的是
响彻大西北的秦腔
也唱桃园结义的刘关张
愿有情人终成眷属的董西厢

还是

那条河，那片水

那么悠长

摘一片秋叶

寄往远方

写给唐山（组诗）

题记：2016年6月2—4日，在唐山参加全国公交政研会华北地区会议，其间参观抗震纪念馆及遗址公园，很是震撼。时逢唐山大地震40周年，写小诗三首，以示纪念。作于5日晨，当月15日，原诗发表在《太原公交》第4版。

与一座城相遇

是动车的轻微一颤
让我和你相遇

站台上，有一条
醒目的隔离线

慢慢地走
细细地看

从一块方砖，迈向
另一块方砖

从一个台阶，走下
另一个台阶

把步子放慢
再放慢
让心儿舒缓
再舒缓

不想，去惊扰那个
隐隐作痛的世界

一座城的震撼

是那根扭曲的铁轨
把我带向很远

是倒塌的屋舍
压在了我的胸前

是刺目的地光
灼伤了我的双眼

是折断的烟囱
屹立了整整四十年

一座城的逝去
几十万的永诀

连同那颗心，在天地间
都震成了碎片

多亏，那座钟
让人们记住了一个
永恒的瞬间

树一座不朽的碑
让后来者，去思念
去祭奠

和一座城告别

揣着那张
粉红色的车票

和你告别

不再痛苦
没有哀怨

是一张张幸福的笑脸
让你走过从前

是一幅幅年轻的画卷
让你奔向未来

与一座城的离别
不仅仅是，告别一个
伤痛的纪念馆

走出一片树荫
让心在阳光下
无比灿烂

灵山之岛

题记：作于2016年8月7日。

闻着咸咸的海风
从积米崖出发

海鸥领路
浪花追随

漂泊的心
在大海上不停地摇摆
雾锁山岛，有一只小渔船
从近海归来

我愿，和你一起
捡几个贝壳
面朝大海

也可以，沿长长的

海岸线，留下
脚印一串

又或是，带一个
多情的海螺，叫醒
这个世界

三峡风情

题记：作于 2017 年 5 月 19 日晚。

雾锁的山峰，还流传着
几段西去的师徒情
古老的渡口，还停靠着
几条当年的小木船

孤寂的竹排，还站立着
几只儿时的老鱼鹰
静谧的溪水，还浣洗着
几件阿哥的土布衫

撒一张青丝网，也不知
能否罩住月亮湾
听一曲《渔家乐》，会不会
忽然想起桃花源

沿江而去

打鱼归来

采一把野梅，悄悄
递给青涩的舌尖
摘一串枇杷，偷偷
将她的衣兜塞满
捧一支竹笛，轻轻
吹开跳动的心怀

要不，从吊脚楼上
抛一个红绣球，下楼
瞅一眼情郎，爱或不爱

或者，在巴王寨下
喝一场摔碗酒，上山
问一声么妹，来或不来

有两条玉带，讲述着
过往云烟
有一根红线，执着地
梦萦魂牵

城市的动脉

城市的动脉（组诗）

——写给公交人的赞歌

题记：太原公共交通控股（集团）有限公司成立于1952年，60多年来，车辆从最初17台发展到现在2500多台，线路从最初3条发展到现在190多条，日客运量从最初0.31万人次发展到现在约150万人次，先后获得"全国模范职工之家""全国五一劳动奖状"和"全国文明单位"等殊荣。作于2015年6月。同年9月17日，首发《太原日报》第8版。次年，又发表在《城市公共交通》第2期。

有一种责任

如果，道路是一个城市的躯干
那么，你就是这躯干上流动的血脉
在这奔腾的血脉里，有一种责任
是安全，是舒心，是通畅

每天的日子

记不得，有多少个清晨

是你，悄悄起床，走出家门
总是在赶往车场的路上

想不起，有多少个夜晚
是你，摆好车辆，踏上归程
拖着疲惫的点点星光

数不清，有多少个日子
是你，在繁忙的调度站里
拿着路签，等着发出下一趟

平凡的工作

在温馨的十米车厢
是你，送上一个微笑："您好，欢迎乘车！"
让乘客感到特亲切，心里特阳光

在拥挤的公交站台
是你，告诉大家不要挤，排好队，多提防
不给坏人留空当，还为外地人指引方向

在熟悉的红绿灯下

是你，说一处山西大院，讲一个城市景观

让人觉得汾河的水是那么美、那么悠长

经常，你这样做——

下雨了，有一位孕妇留在车厢

是你，递过一把爱心伞

又把自己的一件衣衫给她披上

路堵了，沿线的居民有点迷茫

是你，要么绕行，要么分段，要么缩线

为的是让市民的出行少受一些影响

过节了，一道菜凉了热，热了又变凉

是你，替同事们跑了一趟又一趟

还说，不要让家里人总是在盼望

关键时刻

还记得那场百年不遇的山洪吗

是你，第一个下水，背着乘客走出车厢

乘客说，这是一个普通而又厚实的肩膀

我看到了山一样的脊梁

还记得那场突如其来的"非典"吗

是你，和一千多名司机，把承诺写在请战书上

同事说，我是一名党员，受党教育多年

有一面旗帜，始终在心头高高飘扬

还记得那场五十年罕见的暴雪吗

是你，踩着一尺多深的积雪，一步步走进车场

媒体说，风雪，封不了路，更挡不住公交人的脚步

在这脚步声里，我听出了力量，听出了担当

有时，我在想——

假如，我们拥有更多的停车场

你会让更多的线路连接新建的小区

通往遥远的故乡

假如，我们的专用道形成了一个网

你会让公交车跑得更加顺畅

让乘客的安全更有保障

假如，我们的智能化早一天派上用场

你会让企业的管理插上智慧的翅膀

让市民的出行了如指掌

为了梦想

辛劳的公交人，一趟接一趟

是你，靠着信念，为了梦想

几十年如一日地穿行在平凡的大街小巷

流动的公交车，一辆接一辆

是你，饱含着激情，任由这奔腾的血脉

在坚实的躯干上永不停息地流淌

美丽的公交梦，一代接一代

是你，为了乘客满意、职工幸福、政府放心

承载起人们"行有所乘"的无限希望

冬 之 韵（组诗）

——写给冬运中的公交人

题记：每年11月至次年3月，是北方城市公交的冬运时间。愈是天寒地冻，愈见真情热诚。无论一线驾驶员、车间抢修工，还是车场调度员、站台志愿者，等等，都在"让乘客满意"的主题下，相互配合，彼此呼应，共同演奏着和谐之曲、文明之声！作于2015年12月。2016年1月6日，原诗发表在《太原日报》第8版。当月21日，又发表在《山西市场导报》第5版。

驾 驶 员

总是比铃声起得还早

在冬日的黎明，行走在橘黄色的路灯下

车场里，让沉睡的公交车轰然醒来

如同马儿出发前打了几个响鼻

起风了，搓搓手心，跺跺双脚

用如火的胸膛抵御着刺骨的严寒

下雪了，轻点刹车，缓打方向

身后的车辙是那么深远、那么修长

纵然是厚厚的霾，模糊了前方的视线

你也要点亮雾灯，一往直前——

抢 修 工

放下手头的保养任务

带上几件常用的工具

匆忙赶往抢修现场

来不及脱去厚厚的衣裳

躺在车下，用一团火

烤热一根根冰冻的管子

排除一个又一个故障

雪渐渐融化，浸透了你的后背

湿润了乘客的双眼

调 度 员

车场里，手里攥着一张路单

好不容易等回一辆车

赶紧递上一份热乎乎的早餐

又催促着司机赶紧上路

记下，发车、到站的时间

标注，晴、雨、雪天

写着，路堵、绕行的路况

还惦记着，每一趟的行车安全

监 票 员

多少次来来往往

练就了耳聪目明

监听，一枚枚落下的钢镚

紧盯，一张张投入的零钞

查验，一个个打开的票证

是责任，让你坚守自己的岗位

因为，票款是公交的生存之本

保 洁 工

坚守"雨过车皮净"的信条

让车身一尘不染

就连钢圈，也擦得锃光发亮

从地板上抠起一块块口香糖

从座椅下捡起一个个瓜子皮

雪停了，铲去台阶上的冰雪

让乘客小心上下

不留一点隐患

队 干 部

不是在车场，就是在路上

操心，头班车能否准时发出

想着，线路车是否一切正常

惦记，挑牌车是否安全归来

总是心悬一线，把职工的冷暖挂在心间

冬至，端一盘热腾腾的饺子

送一份真情与关爱

志 愿 者

为初来乍到的外地人当一次向导

帮行色匆匆的农民工扛一下行李

把行动不便的老人扶上车

让翘首以待的人们往后站、排好队

招呼车辆安全进站、平稳出站

站台上，穿梭着一个个红马甲

把"奉献、友爱、互助、进步"的精神

化作春风、传播开来

梦想，照亮车厢（组诗）

题记：太原公交一线驾驶员有4200多名，每天挂挡、起步、进站、停车，再起步……动作简单，生活枯燥，日均运行1.06万趟，行程31.81万公里，相当于绕赤道8圈。多年来，他们坚守"微笑服务、乘客满意"的梦想，以"情系乘客、爱洒车厢"的情怀，始终如一地奋战在生产一线上。作于2016年3月3日。同年12月，原诗发表在《人民公交》第12期。

梦开始的地方

教练说——

方向要稳　挂挡要柔

离合不能猛　刹车不能硬

记不得

绕了多少个"8"字，练了多少次加减挡

还学会了坡道起步

倒杆、移库、路试

从走出驾校的那刻起

生活，便多了一份新的梦想

车厢里的阳光

一次耐心的等候

一把有力的搀扶

一个让出的座位

一张手绘的地图

一句亲切的话语

人们说

你是盲人的眼睛，老人的拐杖

你是外地人的向导，孩子的家长

是你，把乘客满意牢记心上

擦亮扇扇车窗

照进缕缕阳光

车轮子的向往

用一个轮子的周长

把公交线路丈量

从凌晨驶向深夜，从市区开往村庄

累了，有三五分钟站休时光

渴了，有一个大号的喝水缸

转了一圈，又一圈

跑了一趟，又一趟

你把关爱，留给车辙

你把梦想，带往远方

风雨之约

题记：2016 年 7 月 18—19 日，太原普降暴雨，一片汪洋。公交人顶风雨、保运行，为省城人民做出新的贡献！作于当夜子时。同年 7 月 29 日，原诗发表在《太原公交》第 4 版。

揣上那张早已

洇湿的路签

跳过泡在水里的停车场，驾车

凭着记忆，向站台

慢慢靠近

"来，小心，抬脚

收了雨伞，往里走

坐好了，抓紧扶手

走啦……"

纵然，哈气模糊住车窗

也要抽空擦亮

纵然，雨水迈上了台阶

也要徐徐出站

纵然，水花拍打着风挡

也要奋勇前往

雨雾里，有你坚定的目光

如同紧握着船桨

即便，风雨飘摇

也不改既定的方向

心系乘客

爱洒车厢

"下车的，慢点

提前换一下，相互让一让

来，别客气

我这儿还有把伞……"

2016 年的 7 月

恍若二十年前的

同一个季节

也是这样风雨交加

一片汪洋

风是一样的猛

雨是一样的烈

情是一样的浓

还是这座太原城

仍是那份为民情

又是一代公交人

不忘初心

继续前进——

公交报人

题记：写给为公交鼓与呼的公交报人。作于2016年7月30日。2016年，原诗发表在《城市公共交通》第9期。2017年5月18日，在全国公交报刊会议上朗诵。

带着一颗，滚烫的心
与公交，与一线，与职工
贴近，再贴近

写不完，公交人
在风雨中出发，在酷暑中坚守
在冰雪中前行的感人事迹

记不下，公交人
以改革为动力，在困境中求发展
向管理要效益的坚实足迹

抒不尽，公交人
血液里，流淌的不改初衷

永不变色的赤诚心迹

与错别字较劲
为好文章欣喜
让正能量传递

苦思冥想，只为
一个小标题
字斟句酌，改了
一行好句子
精心编排，又出
一期新报纸

为过去，为现在
也为将来，留一叠
厚厚的记忆

高山之上

题记：2016年10月31日，从体育馆出发，坐公交837支路
到黑驼村，步行至西家凹村，转327路返回。作于当晚。
2017年3月10日，原诗发表在《太原公交》第4版。

山上的叶子

绿了黄了又红了

村里的老乡

盼呀望呀又乐呀

记不得，从哪天起

不再有，听早起的雀

盼晚归的鸟的

清淡日子

山核桃野果子笨鸡蛋

装满篮子进城了

旅行社观光团驴友们

结着伴儿上山了

可以走人行步道，住农家小院
可以听阵阵山风，看袅袅炊烟

眺望山脚的点点灯光
追逐渐行渐远的夕阳

群山之间，有一条
曲曲折折，通往山村的公交线
高山之上，能看见
村连着村，心连着心的公交站

还有，一只友好的
欢快的小狗，跟着我
走了很远，很远

梦想花开

——致城市公交政研会八届一次年会

题记：2016年11月3日，在北京参加城市公交政研会八届一次年会，收获颇丰。应许斌同志之邀，于6日作此诗致贺。2017年3月，原诗发表在《城市公交研究》第1期。

踏上南下的列车

我才想起，与你告别

是如此的依恋

即便是一腔的

"霾"怨

看着你浅浅的一笑

让我不禁想起，和你第一次相见

你在大会上的精彩发言

让我聆听出，你最诚挚的公交情怀

还有，那一个个让人

感动的短片，仿佛你就在我的身边

走进大一路，车场里的盏盏灯光
是那样柔和，那般温暖

你说，我们携手共进
已有二十六载
而我，就是六十二家会员中
最执着的一员

你说，相聚能忘却
彼此的思念
而我，却总能鼓起
远行的风帆

你说，每个人都应该
憧憬美好的明天
而我，总是会想起那
不忘初心的当年

所以，当我高举酒杯
也盼着和你，一起高唱
天天都有梦想花开

雪花飘落的季节

题记：入冬以来，下了几场不大的雪。对于公交人来说，雪花，除了浪漫，更多的是责任与担当。多年来，每逢雪季，公交人总是不畏严寒，一如既往地在风雪中执着前行。作于2016年12月16日。2017年1月24日，原诗发表在《太原日报》第8版。

下雪了，站台上的脚印
比平日明显多了起来
有的匆忙而至，有的来回踱步
还有的踮着脚，耐着性子翘望

你来了，缓缓地
顶着漫天的雪花，一点点
一点点地向着站台
慢慢靠近，再靠近

"大家排好队，不要挤
提前准备好卡和零钱

小心脚下，有点滑
让老人和小孩先上
…………

不要挤，看好东西
慢点、慢点——
上来的乘客，收好伞具
相互让让，往里走
…………

天太冷，再挤挤
让后面的乘客上来
好，抬脚，关门
走啦——"

雪花飘飘，你一次次停靠
一次次启动，你带着大家，行进在长长的雪地上
从一个站台，到下一个站台
从一条街道，到下一条街道
从繁忙的市区，一直通往偏僻的城郊

车窗上的雪，化了
那是玻璃上悄悄滑落的串串水珠

车厢里的雪，化了
那是乘客手中的伞还在滴答
眼睫毛上的雪，化了
那是我来不及擦去的晶莹泪花

你记住了——
调度站里，小黑板上
一个粉笔头写下的
雪天路滑　注意安全

你想起了——
参加工作时，师傅说
越是冰天雪地，越能绽放
公交人的火热情怀

可你，却偏偏忘记了——
暖气片上，还放着一个
带着余温的饼子
顾不上，喝一口
暖心的热茶

有你，城市更美好

—— 写给公交人的文明之歌

题记：有感于在创建全国文明城市工作中的公交人。作于 2016 年 12 月 21 日。2017 年 1 月 11 日，原诗发表在《太原日报》第 8 版。

我一直想，为你
写一首炽热的歌

它是初春娇黄的嫩芽
它是盛夏浓密的绿荫
它是深秋赤诚的红叶
它是寒冬温情的雪花

还记得，车前飘动的那一面
鲜艳的小红旗吗？你说，每一天
你都在笑迎每一位乘客，把车厢建成
一个流动的家，一位乘客留言说
爱岗就意味着爱国

孩子问，什么时候，你能陪着他
一起去公园、逛大街？你答应过好多次
可是你，从来没有一个完整的节假日
也不肯放下你的爱车，你总是说
奉献才是敬业的底色

一位痴呆老人，无意间上了你的车
你给他买牛奶、买面包，还把他
送回了家，家属对你千恩万谢
你却说，只要乘客上了车
就是和你签了一个诚信的契约

是一封感谢信，让我知道了
这些年，你一直在礼让斑马线
让一根老拐杖、一条红领巾安全通过
你说，是一份谢意、一份笑容
让你感到了友善的力量

多少年，你始终驾驶着一辆
车窗明净的公交车，驶过一个个
漂亮站台，在一条条街道上

来回穿梭，像拨动大地上的琴弦

奏响一曲曲文明之歌

为此，我要送给你

一首发自内心的赞歌

就像点点嫩芽

　　处处绿荫

　　　片片红叶

　　　　朵朵雪花

美丽女子线（组诗）

——写给太原公交 849 路女子线路

题记：太原公交 849 路是山西省内唯一一条"女子线路"，于 2011 年 4 月 13 日组建，配车 21 部，途经 24 个站。全线 42 名驾驶员，清一色娘子军。先后获得太原市"模范集体"、山西省"十大杰出女子班组"、中国海员建设工会"工人先锋号""全国五一巾帼标兵岗"等殊荣。作于 2017 年 4 月 14 日。同年 6 月 15 日，原诗发表在《城市公交研究》第 2 期。

一路风情

在这细柳如烟、桃色迷人的汾河之畔

有一条美丽的、散发着花草芬芳的公交线路

从桥头出发，沿河水而下

过大街小巷，奔南站而去

车，在绿树掩映下穿梭；人，在如诗如画中游动

可以享受报站时的柔声细语

可以感受一趟车的服务流程

可以眯着眼睛，听一段山西梆子

可以隔着玻璃，看一路风景如画

还可以推开一扇车窗，听一听鸟儿在枝头欢唱

看一看鱼儿在水里闲逛，闻一闻花儿在岸上飘香

那人那车那线路，那山那水那风景

让如歌的年华，带着紫色的梦想

扬起风帆，迎着朝阳，一次次起航

只为，在温柔的心中，有一个坚定的信仰——

初心不能忘，一路向前方

文明礼让

在这人潮似水、车流涌动的龙城街巷

有学校、有医院、有公园、有商场

你平稳行车，安全礼让

在斑马线前停车等待，礼让、再礼让

让小朋友先过，让老人们先过，是你

在行色匆匆的过往中，让出了一种新风尚

你有序进站，依次停靠

在专用道上减速慢行，靠边、再靠边

直到孕妇都能一步上下，你说

车离站台有多近，心离乘客就有多近

你心系乘客，跑来等候

在刚刚起步的一刹那，从反光镜里

你看见一位乘客奔跑而来，却又摔倒在地上

你停下车，扶起他，安慰说："不着急，我等着您！"

只为，在细腻的心中，有一个执着的理念——

人人当典范，车车是名片

真情服务

在这如沐春风、情系乘客的流动车厢

我已经习惯你那熟悉而亲切的声音——

"你好，欢迎乘车！""上车，请你扶好坐好！"

"师傅，麻烦您给老人让个座？""下车，请慢走！"

夜色里，一位老大娘坐错了方向，焦急万分

是你掏钱打了辆出租，送老人回家

大雨中，一位女乘客忘了带雨伞，迟疑之时

是你为她撑起了一把爱心伞，挡住了风雨

下雪了，一位老大爷看着台阶，犹豫不定

是你搭了把手，还提醒着他抓紧扶手，留神脚下

红灯下，你讲述一个山西故事

或是介绍一下沿途风景

让好多乘客

更加喜欢这座两千五百多年的历史古城

一位外地人陶醉于你甜美的服务用语

激动之余给你留言，说你是"太原最美女司机"

为了不让聋哑学生上错车、坐过站

你专门请教老师

学会用手语和孩子们交流

把特殊的爱送给特殊的人

只为，心中有一个共同的目标——

真心为乘客，满意在车厢

奉献社会

在这阳光灿烂、爱心荡漾的特殊日子

3月5日来了，对849路的姐妹们来说

那是一个志愿服务的日子

你们走上街头，打扫站台卫生，解答乘客询问

介绍公交线路，搀扶老人上下

3月8日来了，对福利院的孩子们来说

那是一个幸福满满的日子

四十二颗心与孩子一齐跳动，你们给孩子们按摩

和孩子们聊天，陪孩子们玩耍，给孩子们讲故事

把孩子们的游乐园打扫得干干净净

一个充满爱心的提议

让你们叩开了慈善总会的大门

为了一个个贫困儿童的未来

你们设立了"爱心助学基金"

让贫穷不再困扰好好学习

让绝望不再阻挡天天向上

只为，在善良的心中，有一个美丽的心愿——

一心为社会，无私做奉献

特殊礼物

在这英姿飒爽、温馨怡人的女子车队

一块块牌匾、一面面锦旗、一封封来信

讲述着许许多多感人的故事——

你把一瓶矿泉水递给了又哭又闹的小男孩

两天之后，小男孩的妈妈

在机器盖上放了一个鲜艳的红苹果

你捡到一位大姐的工作服，想尽办法交还给失主

当天下午，这位大姐送来一个甜滋滋的大西瓜

你抢救了一位晕倒的乘客，第二天上午

这位乘客送来一束饱含谢意的玫瑰花

你替一位男乘客投了一元钱，几天之后

这位大哥送来零钱，又塞给你一个祝福的小礼物

你把乘客当亲人，乘客把你当亲人

只为，在大爱的心中，有一个永恒的主题——

真情对真情，人心换人心

我们，在绿色发展的路上

我们，在绿色发展的路上（组诗）

题记：《我们，在绿色发展的路上》组诗，共十首。作于2014年10月—11月。原诗发表在同年11月14日《太原日报》第4版。同年11月—12月在《太原公交》第4版分期连载。

哦，那一抹橘绿色

不知道

是谁的意向

选了一种色彩叫橘黄

冬天里，也能让人感受

春的阳光

也不知道

是谁的眼光

挑了一种色彩叫墨绿

夏日里，也能让人觉得

秋的清爽

更不知道

是谁的创意

让这两种色彩做了搭档

生活里，让人体会到

骑车的健康

建设者之歌

在西子湖畔，在江城两岸

在上海街头，在姑苏城外

我们骑着一辆辆单车

在大街小巷

穿行

一会儿驻足查看

一会儿认真询问

一会儿仔细打听

是你，长途奔波

顾不上领略异地的风情

看看谁家的车子蹬骑轻便

是链条式还是轴传动

试试哪种锁更加实用

是单锁行还是双锁行

问问怎么管理

是依靠人工还是选用智能

是你，在权衡后

放弃了亭棚，让城市景观相容

在讨论中，选择了太钢，彰显了不锈之光

在决策时，把建设方案拍板敲定

你的决心是

举全公司之力，把好事办成

你的目标是，打造一个独立的慢行系统

为建设"公交都市"增添光荣

请记住

这样一个日子

2012 年 5 月 24 日

像一个饱受关爱的婴儿

太原公交公共自行车服务有限公司

在大家的期盼中

终于诞生

请再记住

这样一个日子

2012 年 7 月 10 日

那一天，天气特别晴朗

在双塔西街的便道上

第一个服务点

开始破土动工

在以后的日子里

有发改、有规划

有物价、有财政

有园林、有交通

有城管、有市政

有太原供电，有中国移动

…………

这里，有科学的引领

有给力的支撑，有忙碌的身影

协调会上你的发言，是那么真诚

查看站点你的汗水，是那么晶莹

还有杭州公交的兄弟之情，是那么亲、那么浓

请不要忘记

这样一个日子

2012 年 9 月 28 日

这一天，一抹橘绿色穿行在古老的龙城

标志着，太原的公共自行车开始运行

你说，真没想到

第一批 98 个点，1800 多辆车，3500 多个桩

短短三个月就能建成

领导说，太原

多了一种出行方式，多了一道亮丽风景

也多了一个温暖人心的民生工程

媒体说，这是太原速度

这是太原样板

也是太原特色

百姓说，我们触摸到了幸福指数

那就是，实现低碳生活

选择绿色出行

"骑" 迹

从 2012 年 7 月 10 日
晋阳古城
一条不太繁忙的便道
开始动工的
那一天起

好多人
围着施工现场
猜测着，在马路上又要埋下
什么秘密

直到，那一年的九月
当省城的大街小巷
流动着一种橘黄，又夹着一抹绿

好多人，见证了
一群刚刚组建的自行车人
迈着打了血泡的双脚
在大地上，淌着汗水、带着激情

走出的奇迹

服务点

从最初98个，到当年的1000个

再到今天的1285个

自行车

从开始的1000辆，到后来的20000辆

再到现在的40000辆

锁桩

从首批3000个，到一周年时40000个

再到两年后的50000个

租用量

从每天的2000多人次，到39.42万人次

再到56.85万人次

周转率

从每辆车的2.26次，到16.91次

再到20.08次

租用率

从开通时的97.90%，到98.57%

再到99.75%

这一排排

略显枯燥的数据

从多少个到百分率，再到多少次

来自一份翔实的统计

每一次的变化

都意味着服务点，有了新的增加

每一次的攀升

都意味着更多的人，选择绿色出行

每一次的跳动

都意味着有一支团队，用心在支撑

一个小朋友说

自从有了自行车卡

上学路堵不用怕

给解决"城市病"的大人们

有了新的启发

一份调查报告说

公共自行车的投放、使用

给人们留下的印象最深刻

让更多的人知道了

什么才是真正的民意

台湾一家媒体说

太原四季分明、道路平坦、气候宜人

是后发而至，踩动了大陆

新"骑"迹

骑着单车去溜达

好不容易

办了张自行车卡

按按铃铛，试试气压

捏捏手刹

然后，轻轻一刷

咯——嗒——

我这就骑着

去溜达

看看，横空出世的高架

省城的交通实现了立体化

听听，公园里传出的咿咿呀呀

唱的是金沙滩上的老杨家

转转，柳巷的商铺放着大喇叭

步行街的年轻人穿得挺潇洒

闻闻，空气里的香和辣

食品街里的味道随风刮

尝尝，山西刀削面

吃一碗鼓楼街的羊杂割

摸摸，老城的古树杈

寻找小巷深处的晋文化

在等红灯的一刹那

我一手握车把，一脚踩着马路牙

突然有了一个

新想法

我要骑着单车上中环

东西南北去溜达

可以，登凌霄双塔

赏西山红叶

再沿汾河而下

去晋祠古刹

偶尔，也撒一下把
听着风儿
在耳边吹得
唰——唰——
唰——唰——唰—

一个网管员的故事

也许，是孩提时父亲
推着车子的背影
也许，是多年飘零在外
踽踽独行的个性
也许，是二十多年党龄带来的
始终如一的笃定

她，一个下岗女工
学过管理、干过经营、打过短工
直到2012年的那个初冬
在走进自行车公司的那一分钟

她觉得自己迎来了
第二次生命

为了把锁桩擦抹干净
她拿干布擦、用湿布拭
最后她发现海绵特管用

为了让大家能少等
她总是提前上岗、双手下架
小腿骨被磕得是一片又一片黑青

为了让租还秩序不忙乱
她边干活、边示范
让自觉排队成了这座城市的风景

为了能早一点上岗
她找出多年不用的闹钟
为了把站点维护干净
她对扔垃圾的人轻声提醒
为了让工作善始善终
陪她回家的是一盏盏路灯

她说，最喜欢听清脆的铃声

因为对自行车情有独钟

她说，自己只是个临时工

但是干，心就不能放松

她还说，一个人不要怕普通

就怕不爱去劳动

她说得是那么轻

我听得是那么重

我爱调运车

小伙今年三十多

最爱开着调运车

一趟能拉五十多

大街小巷去穿梭

下架　装车

卸车　上架

一会儿穿大街

一会儿过汾河

调运站点八百个

上下架车一万多

虽说不是技术活

关键就是讲配合

我的目的就一个

让你尽快租还车

每天你能碰到我

我们身上都写着

绿色出行　低碳生活

有人说我爱嘚瑟

这个我得说一说

兄弟当过几年兵

这叫退伍不褪色

难忘那一次升级

在集团大楼的最高一层

信息中心的灯光是那样明亮

早已到岗的年轻人

正在熟悉一份写满IP地址的操作流程

深秋的夜是那么的静

进入5分钟准备——

首批两个区、260个网点，升级时间90分钟

这是一个作战前的预备令

过道里刚刚敲过22时的钟声

下跌500辆、450辆、430辆

跌破400辆，开始——

像闪电刺破长空

当在租的自行车跌至最低谷

大厅里迅速响起了键盘的敲击声

登录系统

切入自助POS机路径

打开配置文件，修改文件内容

保存并退出，查看修改结果

再切入锁止器路径

打开配置文件，修改文件内容

保存并退出，查看修改结果

重启系统

每一次系统的重新启动

都标志着一个网点升级完工

当指针转到23时28分钟

260个网点都开始了试运行

大约过了14分钟

大家都在盯着不断跳动的显示屏

楼道里突然传来散乱的脚步声

快——市民说锁桩不能用

深夜的服务热线

响起了急促的电话铃

在这让人忐忑不安的夜空

操作人员盯着数据在异常跳动

领导组、技术部和厂家

开始进行着密集的三方沟通

又过了20多分钟

新的方案终于确定

又是一套新的命令

揉一揉发涩的眼睛

键盘在手指间再次生风，心随着屏幕一起跳动

时间在夜色下默默无声

当大厅响起子时的钟声

时间又过了1个小时40分钟

260个网点的升级再一次完成

早已麻木的指尖有些酸痛、有些发硬

夜，又一次恢复平静

1分钟、3分钟、20分钟

异常数据在下行、趋于零——

大厅里终于传出了欢呼声

这是一项特殊使命

只能选择在夜深人静

为的是不影响大多数人租用

这是一条隐蔽战线

只有工作时才显得与众不同

他们从春走到夏，又从夏走过冬

这是一批公交精英

只会用键盘进行人机沟通

用智慧的双手编织公交的信息梦

当集团大楼再一次迎来黎明

当人们又开始了新一天的骑行

我仿佛听到了

在一个又一个夜晚

从信息中心的操作大厅里

又传出来键盘的

敲击声

用心聆听

1个号码

9个席位

27个接线员

从你坐下的那一刻

你的声音就和 100 万个骑行者的心

连在了一起

一个大学生

把笔记本落在车筐里

是你调出监控、几经联系

在第一时间传递出好消息

一位丢车人

打来电话，心情忧郁

是你问清站点，帮着寻觅

还告诉他这样的事怎么处理

一位警察同志

拿着介绍信找到你

是你卡住时段、输入卡号

一点点查出嫌疑人的来往踪迹

高峰时

你不敢喘息

因为你了解上班的

或是回家的人心里特着急

节假日
你不能休息
因为你知道租不上车的
或是还不了车的人需要你

就是深夜
你也不会松口气
因为你害怕那些超时的
或是过夜的人遇到什么难题

你不敢多喝水
因为你的短暂离去
就意味着好多人等着你

你不能有迟疑
因为你的接起、放下
会有大家的意见鞭策着你

你不准带情绪

因为你的一言一语

代表的不仅仅是你

还记得

刚刚上班的你

桌上的电话铃声四起

难坏了手忙脚乱的你

是一位同事把服务技巧告诉了你

从此，你学会了

早发现、早处理

还记得

一不小心摔伤的你

每天坚持工作不休息

就在做手术的那个前夕

大夫心疼地批评你

腿上化脓差点伤到骨头里

你说，没关系——

租车高峰怎能没有你

还记得

一位老顾客的电话感动了你

他说，你讲得那么清、那么细

声音那么甜，带着情

那一刻，你懂了

用心聆听

才能让骑行者满意

在服务热线的大厅里

挂着一面特别醒目的锦旗

上面写的是——

想群众所想

急群众所急

入冬前的保养

当路边的树叶

变得越来越黄

街上的风也吹得呼呼地响

入冬前的气温一直在降

外出的小朋友开始穿起了

厚厚的衣裳

当自行车数字

定格在四万一千辆

就像一个个小精灵散落在

五万八千个锁桩

在人来人往的 1285 个服务点上

有一群人显得特别忙

为了不影响人们的过往

他们用隔离带，将人行便道分成了两行

为了不把车座弄破、弄脏

他们倒立自行车时，用丝绒布垫在地上

为了保持路面的清洁

他们清理完油污，才赶到下一个站点去保养

紧固润滑，调整间隙

校校曲柄，转转脚蹬

拧紧松动的快拆

更换受损的车把

把传动部位、刹车零件仔细检查

他们不停地弯腰、蹲下、起身

再弯腰、再蹲下
他们不停地变换手中的工具
拿起、放下，再拿起、再放下
他们比技术、比速度、比质量
像一个个跳动的音符
在五线谱上流淌
像一支支久经沙场的特种兵
在丛林中不停地穿插

一位队长患有严重的肾结石
他把药悄悄藏在身上
一个修理工连续作业晕倒在自行车旁
他苏醒后又着急地上岗
一位老师傅始终忙碌在保养现场
他抽不出时间去看望多病的母亲

累了，就在便道上坐一下、喘口气
饿了，就在小饭馆吃碗面、喝口汤
每天早上六点多出发
下班后很晚才带着油污、汗渍回家
陪着他们的是隐隐约约的路灯光

在一个个热火朝天的劳动现场

热情的市民来帮忙

有的上手就会、干得有模有样

有的把车子擦得锃光发亮

有的送来了热水、面包、水果糖

一位老人送来了手套

说是磨烂了他再多送几双

一个年轻人用手机拍下这一场面

说是发在微信朋友圈让大家传播正能量

一位行人问

是什么

让你们这么忙

连擦擦汗水都顾不上

在这么短的时间把重任扛

还要用单薄的身体把寒风阻挡

你们说

为了骑行安全、为了排除故障

为了把自行车整理得像新的一样

为了把"好事办好"的嘱托

牢牢地记在心上

老人与河

一个老人说
小时候
最喜欢的是，骑着车子
看汾河

那时候
水也清、鱼也多
岸边的稻田在收割
能看见西山村落
东山的牛羊爬满坡
年轻人爱唱的是
你看那汾河的水呀
哗啦啦啦流过

睡梦里
我仿佛，听到一个老人
在诉说

信　仰

难忘这一刻

——共青团太原市委第十五届五中全会有感

题记：2007年2月8日，参加共青团太原市委第十五届五中全会，看到又有七位委员卸免。想到自己从事团的工作已有多年，且学了不少人生必备的东西，深有感触。作于10日。

从走上团的岗位

那一刻

我就牢记一名老团干的嘱托

学习、锻炼、奉献

青春才不至于

白白流过

干了好多年团的工作

直到今天，这一刻

我终于可以面对着金色的团徽

像好多好多老团干那样

无愧于一名团干部的

光荣职责

从省、市领导的手中

接过一份精美的礼物

这一刻，我想说

这是我一生中收到的

最珍贵的礼物

因为这礼物中，饱含着又一份

沉甸甸的嘱托

那就是

在党的旗帜下

把太原建设得更加富有新意

更加富有特色

在我即将离开的这一刻

面对眼前

似曾相识

却大多是新生的

众靓妹

好小伙

我知道

在每一个年轻人的生命里

始终都是——

青春如歌

激情似火

我坚信

在我们离去的背影里

永远是——

团旗飘飘

群星闪烁

我想说

难忘这一刻

春 之 歌

题记：参加山西省第十三次团代会有感。作于2007年12月18日。当月21日，原诗发表在《山西青年报》第4版。

在金色的团徽下
每一次凝视
我都能体会到
那一股股
涌动的朝气

在青春的印记里
每一幅画面
我都能寻觅到
那一串串
坚实的足迹

在厚厚的报告中
每一句话语
我都能品读到

那一个个

前进的动力

在省城的大街上

每一根枝条

我都能感受到

那一缕缕

扑面的春意

在年轻的生命里

每一道年轮

我都能触摸到

那一片片

如歌的新绿

秋的纪念

题记：逢首个"烈士纪念日"有感。作于2014年9月30日。

秋风
吹起
如纸钱般的
片
　片
　　落
　　　叶

这
难道不是
亲人对你
在天之灵
最好的祭奠

信　仰

题记：作于 2014 年 10 月 21 日。

是司南
帮航海家
辨别前进的方向

是泉水
把拓荒者
干渴的嘴唇滋养

是灯光
为夜行人
点起不灭的希望

人们崇拜盘古
是因为他开辟鸿蒙，分出天地
让大家看到了太阳的光芒

人们探寻世界

是因为他反思生存，推崇进化

让自我赢得了自信的力量

叩问苍天

我们是不是找到了

指点迷津的锦囊

顶礼膜拜的偶像

慰藉心灵的拐杖

战 鼓

题记：为纪念抗战胜利70周年而作。作于2015年7月1日。

渗着血渍的军刀
还是那么刺目

是谁，用它劈开了
你孱弱的胸脯
强占煤矿，还要掠夺百姓财物
屠杀无辜，还要烧毁房间无数
当着面，欺凌手无寸铁的妇孺

看着，眼前的
遗址、遗物、遗骨

14年，几千万个亡灵在控诉
愤怒，像火山一样让人按捺不住

我听见了，起来

不愿做奴隶的高呼

屈辱，是因为
你低下了抗争的头颅

荣耀，是因为
时刻准备着，擂响战鼓

抗战老兵

题记：山西抗战老兵韩恒寿的故事。2005年9月，这位老兵获中共中央、国务院、中央军委颁发"中国人民抗日战争胜利60周年纪念章"。作于2015年7月15日。

五台山的钟声
飘荡在太行山、吕梁山
还是那么清远、那么空灵

滹沱河的流水
连接着牧马河、清水河
还是那么悠长、那么寂静

十五岁参军的你
早已熟悉了晋察冀二分区的
一条条河，一道道岭

你经常说，那一年
村子里，田野里，青纱帐里

到处都是喊杀声和刺刀撞击声

你忘不了，那一次
受伤了，和战友们躲进山洞
啃的是玉米棒，咬的是蔓菁

你最爱讲，那一场
百团大战，是彭老总领着
八路军砸碎了小鬼子的"囚笼"

你褶皱的额头
是当年穿越的封锁线，那里
镌刻着机警，留下的是峥嵘

你眼角的泪水
为的是尘封的兄弟情
因为牺牲时，他们还太年轻

你挥动的手臂
特别像砍向敌人的刀锋
还是那么有力，那么英勇

你胸前的勋章

是为了民族，为了祖国

为了尊严而战的见证

记忆的伤疤，还在隐隐作痛

如今的你，只能靠着

双拐和轮椅出行

倾听，在山脚下的

村落里，有一位年已九十的

历史不能遗忘的抗战老兵

古运河记忆

题记：2015年8月29日，参观台儿庄战役纪念馆。作于次日晨K565列车上。

码头上的树荫
藏不住古道风情

步云桥走过的
是你匆匆的身影

一个又一个
冲往前线的官兵
一个又一个
嵌入心里的弹坑

1938年3月，台儿庄小镇
有一场，让国人
扬威吐气的战役

踏碎，一段

并不遥远的惊梦

游船上，来了一群打闹的顽童

他们，能否记住那刻骨的

枪声

秋 之 阅

题记：观看抗战胜利70周年阅兵有感。作于2015年9月3日。

敬礼——

当一个个方队
从广场铿锵走过
当一排排装备
从地面碾轧经过

当一列列梯队
从空中潇洒飞过
当一只只鸽子
从头顶盘旋掠过

壮我军威，爱我山河
请祖国检阅
铭记历史，缅怀英烈
请人民检阅

珍爱和平，开创未来

请世界检阅

十个英模方队

五十六门庆典礼炮

七十年前的胜利战歌

共同见证了

一百七十多年来华夏民族的

英勇气节

悲剧不能重演

伤痛怎敢忘却

秋之阅，在这个

洒满阳光的

金色九月